www.ingramcontent.com/pod-product-compliance
Lightning Source LLC
Chambersburg PA
CBHW021408160726
47994CB00007B/3132

وُلِدَت ميساء المصطفى في سوريا، وانتقلَت خلال الأشهُر الأولى مِن عمرها للعيش في وطنها الثاني (المملكة العربية السعودية)، حيث أتمَّت دراستها الجامعيَّة، وأنشأَت عائلتها الصغيرة.

في السعودية عشقَت ميساء القراءة، والاستمرار في تعلُّم كلِّ جديد.

الإهداء

أهدي الكتاب إلى مَن علَّمَني
أنَّ الكرم صِفة النُّبلاء..

تملكها ولا تكتسبها..
وأنَّ الكريم إذا ما أعطى أرضَى..
وأنَّ الكرم في المال هو أهوَن العطاء..

إلى مَن رزَقَني الله به..
وكان أجمل أرزاقي..

صديقي ورفيق الحياة لآخِرها – بمشيئة الله – زوجي الحبيب.

ميساء المصطفى

كارفان

بريق الألماس

AUSTIN MACAULEY PUBLISHERS™

LONDON • CAMBRIDGE • NEW YORK • SHARJAH

استيقظَت سارة على صوت زقزقة العصافير خلف النافِذة المجاوِرة لفِراشِها، مطَّت جسدها بكسلٍ وهي تبتسِم، طالما تساءلت عمَّا يدور في رؤوس تلك العصافير، ومِن أين تأتي بهذه الطاقة لتثرثِر سَويًّا في ساعات الصباح المُبكِّرة، لكنَّها كانت تُحِبُّ الاستيقاظ على صوتها.

قامت مِن فِراشِها والكسل لا يزال يُسيطِر على جسدها بأكمله، وبخطواتٍ مُتثاقِلةٍ شقَّت طريقها إلى الحمَّام، نظرَت إلى المكتَب الموجود في يمين الغُرفة، الذي استقرَّت فوقه مجموعة كُتب وملازِم خاصَّة بدِراستها الجامعية، شعرَت بقليلٍ مِن الغمِّ يتسلَّل إليها، تعرِف أنها مُقصِّرة في دِراستها قليلًا بسبب انشغالها في العمل.

عندما قفزَت كلمة العمل إلى عقلها، التفتَت بطريقةٍ غريزيَّةٍ إلى المكتَب الآخَر الموجود بجوار حائِط الغُرفة الأيسر، المكتب

الذي قضت ليلتها مُنكفِئة فوقه تعمل كي تُنهيَ تصميمها الجديد.

نَسِيَت أمر الكسل مؤقَّتًا وهي تتحرَّك نحو مكتب التصميم وتُمسِك بتصميمها الجديد، كانت قد سهرَت ليلتها بأكملها تُصمِّم قطعة مجوهرات خاصَّة بأحد عملائها مِن محلَّات وتُجَّار المجوهرات.

كانت سارة قد سقطَت في غرام هذا العمل منذ فترة، كانت تُصمِّم المجوهرات للمحلات، كما كانت تُصمِّم العديد مِن الإكسسوارات التي تعرضها للبيع، والحق يُقال إنَّها كانت تتحصَّل على دخلٍ لا بأس به يُساعِدها في استكمال جامعتها، كي لا تضع المزيد مِن الضغوط على والدتها المسكينة التي تعمل في أحد محلَّات الملابِس الشهيرة كي تستطيعَ الإنفاق على المنزل وعلى مصاريف معيشة سارة.

وضعَتِ التصميم جانبًا بعد أن ارتسمَت على ملامِحها الجميلة ابتسامة رضًا.

دخلَتِ الحمَّام ووقفَت أمام المِرآة، تأمَّلَت ملامحها، كانت جميلة للغاية، شَعرها بنيٌّ أجعد، تمتاز بملامح قادِرة على خلب لُبِّ مَن يراها بسهولةٍ.

غسلَت وجهها سريعًا قبل أن تَخرج وهي تنظُر في الساعة، حسنًا.. لا يزال لدَيها قليل مِن الوقت كي ترتدي ملابسها قبل أن تذهَب لحضور مُحاضرة هامَّة اليوم، حيث كانت سارة تدرُس في السَّنة الثالثة في كلية الهندسة، قسم عِمارة.

ارتدَت ملابسها على عجلٍ، وهبطَت سريعًا لتذهب إلى جامعتها.

******

كان يومَ عمل عاديًا تمامًا في محل مجوهرات (عبد العظيم الجواهرجي) لصاحبه السيد عبد العظيم، الذي كان يجلِس على مكتبه وأمامه جهاز (اللاب توب) الخاص به، وبجواره كوب ماء بارِد وكوب قهوة سادة كما يُحبَّها.

نظر للمحل الخاص به، كان (خلدون) يعمل في بطءٍ وهو يعيد ترتيب بعض القِطَع أو يُنظِّف قِطَعًا أخرى، شابٌّ أنيقٌ وسيمٌ لكنَّ عينَيه فيهما شيء يستفِزُّ السيد عبد العظيم الذي رغم براعة خلدون ولباقته الساحرة لَم يكُن يطمئنُّ إليه تمامًا.

كان يتأمَّل خلدون حين سَمِع صوت رسالة وصلَته على الواتس آب في هاتفه، فَتَح البرنامج مِن (اللاب توب) الخاص به،

وجدها رسالة مِن عزيز زميل المهنة والصديق القديم، عبارة عن صورة لقطعة مجوهرات ذات تصميم فريد جميل، تصميم مُميَّز لدرجة أنَّه لَم يرَ مثله مِن قبل، وسطر واحد مكتوب تحت الصورة: "هل رأيتَ هذا الجمال؟!"

أمسك بهاتفه المحمول، واتَّصل بعزيز على الفور، وبعد القليل مِن السلامات والكثير مِن الطُّمأنينات، سألَه مُباشرةً: مِن أين أتيتَ بهذه القطعة يا عزيز؟

ضحك عزيز بشدَّة وهو يقول: كُنتُ أعرِف أنَّ قطعةً بهذا الجمال ستستفزُّك لهذه الدرجة، ما رأيُك بها؟

قال عبد العظيم: رائعة، خطيرة، مُبهِرة.. قُل لي فورًا ودون تأخير.. مِن أين أتيتَ بها؟

قال عزيز: مُصمِّمة جديدة تُدعى سارة، موهوبة للغاية، وتعمل في تصميم المجوهرات، عرَّفني عليها أحد أصدقائي، وأعمل معها منذ فترة، لماذا تسأل؟

تردَّد عبد العظيم قليلًا قبل أن يسأله: هل يُمكِن أن تعطيني رقم هاتفها؟

ضحك عزيز وهو يقول: أجَل يا عزيزي، لكن لِتعلم جيِّدًا أنَّك لن تحصل على هديَّة في عيد ميلادك، هذه هي هديَّتك.

ضحك عبد العظيم وهو يقول: طالما كُنتَ بخيلًا يا صديقي!

ضحك عزيز وهو يقول: بل الأحرى بك أن تقول: طالما كُنتُ مُستغِلًّا للفُرص.

انتهَتِ المُكالمة مع وعد بلقاءٍ قريبٍ، وبرقم تليفون انتقَل مِن هاتِف عزيز إلى هاتِف عبد العظيم.

كانت سارة قد انتهَت مِن مُحاضراتها، وتجلِس في كافتيريا الجامعة مع ليان صديقتها العزيزة، وأقرب شخص لها في الحياة، والتي توافقَت شخصيَّتهما وتوطَّدَت علاقتهما سريعًا رغم أنَّهما مُختلفتان عن بعضهما البعض في كُلِّ شيء تقريبًا.

بين كُلِّ صديقين يكون هناك قائِد وهناك تابِع، كانت ليان مخلوقة تمامًا لتقوم بدور التابِع، وتختفي في ظلِّ سارة صاحبة الشخصية القوية والحضور الطاغي.

كانت تهزُّ رأسها في تتابعٍ مع لحن الأغنية التي تصدح في المكان عبر السمَّاعات الكبيرة الخاصَّة بالكافتيريا، تراقصَت أصابعها فوق المنضدة وكأنَّها تعزِف بيانو غير موجود إلا في خيالها.

كانت ليان عازِفة ماهرة للبيانو، وتُشارك دومًا في الحفلات؛ لذلك كانت تأسرها الموسيقى وتسحرها في أي وقت وفي كُلِّ وقت. تطايَر شَعرها الأسود الناعِم حول رأسها وهي غارِقة في اللحن.

كانت سارة مشغولة بالرسم في ورقة صغيرة، كانت تحاوِل الوصول إلى تصميم جديد يسكُن رأسها، لكنَّه يأبى الخروج على الورق، وكأنَّ وقته لَم يحن بعد.

انتبهتَا لصوت رنين هاتِف سارة التي جفلَت قبل أن تضع القلم وهي تُخرِج الهاتِف، كان رقمًا لا تعرفه، لكنَّها أجابت على الفور: مرحبًا.

أتاها صوت هادئ: مرحبًا.. سارة؟

قالت في دهشةٍ: أجل أنا سارة! مَن حضرتك؟

أجابها: اسمي عبد العظيم، صاحِب محلِّ مجوهرات شهير أظنُّكِ قد سمعتِ عنه، وأحتاج للتحدُّث إليكِ قليلًا.

بالطبع كانت تعرف محلَّات عبد العظيم الجواهرجي الشهيرة التي تتميَّز بالقِطَع النادِرة المُميَّزة، حاولَت أن تهدِّئ أعصابها وهي تقول: أجل، أعتقِد أنَّني قد سمعتُ عن محلَّات حضرتك، حسنًا.. أنا أسمعك.

قهقَه الرجل في استمتاعٍ قبل أن يقول: لا.. ما أريدكِ به لا يصلُح للحديث عبر الهاتِف، أحتاج لرؤيتكِ بشكلٍ شخصي، أخبريني.. متى يسمح وقتكِ بلقاءٍ سريعٍ؟

قالت في دهشة: اليوم؟!

قال الرجل: إذا لَم أكُن سأعطِّلكِ عن شيء.

قالت: أبدًا.. ساعتين وأكون في المحل الرئيس، هل هذا مُناسِب؟

قال الرجل: مُناسِب جدًّا، سأكون في انتظارك.

أنهى المُكالمة دون أن يودِّعها، نظرَت لليان بأعين مليئة بالدهشة وهي تقول: لن تُصدِّقي مَن كان المُتَّصِل!

******

- مساء الخير.. لَدَينا ميعاد مع السيد عبد العظيم.

تأمَّلهما خلدون للحظةٍ قبل أن تتَّسِع ابتسامته وهو يُرحِّب بهما.

قادهما نحو مكتب السيد عبد العظيم الجواهرجي، طرَقَ الباب، وأشار إليهما بالدخول.

وقف عبد العظيم ورحَّب بهما قبل أن يقول: أيُّكما سارة؟

قالت سارة: أنا سارة، وهذه ليان صديقتي ومُصمِّمة أيضًا.

قال: تشرَّفنا يا بنات.

ضغط زِرًّا فوق مكتبه، فدخل خلدون إليه، قال: اصطحِب ليان هانِم في جولة في المحلَّ، أرِها الموديِلَّات الجديدة، وسَجِّل كُلَّ ملاحظاتها.

عرفَت سارة على الفور أنَّ تلك كانت طريقته المُهذَّبة للتخلُّص مِن ليان كي يتحدَّث معها على انفرادٍ، وبمُجرَّد أن خرجَت ليان وأغلق خلدون الباب حتَّى قال لها: حسنًا.. سأدخُل في الموضوع مُباشرةً يا سارة دون أن أضيّع وقتكِ.

كانت مُمتنَّة لذلك جدًّا؛ لأنَّها شخص يكره المُقدِّمات ويمقُت تضييع الوقت.

أكمَل حديثه قائلًا: أريد أن أتشرَّف بالعمل معكِ، أحتاج لبعض القِطَع الجميلة الفريدة التي تقومين بتصميمها.

ابتسمَت سارة قبل أن تقول: هل تسمَح لي في أن أُبدِي رأيي في المسألة؟

كان رجلًا ديمقراطيًّا؛ لذلك أشار إليها بيَده وهو يقول: طبعًا، آتِيني ما عندكِ.

ابتسمَت وهي تقول: كيف لرجل عظيم مثل السيد عبد العظيم ألَّا يكون لدَيه خطُّ مجوهرات خاصٌّ به؟! ألا تعتقِد أنَّ هذه خطوة تأخَّرت كثيرًا؟!

قال في قلقٍ: خشِيتُ ألَّا يبيع الخطُّ بما يكفي، فيَعتبره السوق فشلًا.

قالت في حماسٍ: وحتَّى لو لَم يبِع، ألا يكفيك نجاحًا أنَّك ستكون مِن القلائِل الذين يمتلِكون خطَّ مجوهرات خاصًّا بهم؟

كانت مُقنِعة؛ ولذلك اقتنع الرجل سريعًا دون كثير مِن الجُهد، كانت تؤمِن تمامًا بالمَثل الذي يقول: "اطرق الحديد وهو ساخِن"؛ لذلك قرَّرَت طَرق الحماس وهو متأجِّج، فقالت: أعرِف أنَّ أغلب زبائنك مِن صفوَة رجال الأعمال؛ ولذلك سأقترح عليك أن يضمَّ خطُّك مجوهرات تصلُح للفتيات المُراهقات أو للسِّنِّ الأكبر قليلًا، وأن يكون مرَصَّعًا بقِطعٍ مُميَّزة تُرضِي غرور الأهالي الذين يجيدون اقتناء الأثمَن لتدليل بناتِهم والتباهي بهنَّ، كما أنَّني سأقترح عليك أن يكون الخطُّ به نوع مِن المجوهرات ذات القطعة الواحدة على أن تكون أعلى سِعرًا، قِطَع لا يتكرَّر تصميمها أبدًا كي تكون فريدة مِن نوعها.

قهقَه عبد العظيم قائلًا: أنتِ فظيعة، أقنعتِني بسهولةٍ شديدةٍ رغم أنَّني لستُ رجلًا سهل الإقناع أبدًا!!

*****

صمتَ قليلًا قبل أن يقول: متى سنبدأ؟

قالت وابتسامة الحماس تعلو شفتَيها: اليوم لو أحببتَ.

قال: وهو كذلك.. أخرَج دفتر شيكاته مِن جيب بدلته الداخلي وهو يخطُّ بضعة أرقام على شيكٍ ويقول: هذه دفعة تحت الحساب إلى أن ننتهيَ مِن بعض التصميمات.

اتَّسَعَت عينا سارة.. كان الرقم الموجود أمامها رقمًا لَم تحلُم به مِن قبل!

******

عندما خرجَت سارة مِن مكتب الأستاذ عبد العظيم، كانت ليان تقف مع خلدون وهي مُبتسِمة، تُمسِك هاتفها بيدها وهو يُملِيها رقم هاتفه: خمسة واحِد.

كتبَتِ الأرقام خلفه قبل أن تقول: أسجِّله تحت اسم خلدون؟

ابتَسم وهو يقول: تحت أي اسم ترغبين فيه، حتَّى لو كان حبيبي!

ضحِكَت مِن قلبِها وهي تشعُر بقليلٍ مِن الخجَل، فتورَّد خدَّاها، اقترَبَت منها سارة وهي تقول: مرحبًا.. هل أنتِ مُستعِدَّة للذهاب؟

قالت: أجل، وداعًا يا خلدون.

غمزَ لها بعينه قائلًا: وداعًا يا عيون خلدون.

قهقهَت واحمرَّ وجهها خجلًا مرَّة أخرى قبل أن تُغادرا المحل، قالت سارة وهي تغمز بعينها مرحًا: أرى أنَّكما تقاربتُما سريعًا.

قالت ليان بخجلٍ: هو شابٌّ وسيم، ظريف، خفيف الدم، مهذَّب للغاية.

صمتَت ليان قليلًا قبل أن تسأل سارة بفضول: ما رأيُكِ به؟

رفعَت سارة كتفَيها قبل أن تقول: لَم أرَه سِوَى مرَّة واحدة، لكن أن يعتمِد عليه السيد عبد العظيم في المحل الرئيس، فهذا يعني أنَّه شابٌّ أمين ومصدر ثقة، لكن...

شعرَت ليان بالفضول وهي تقول: لكن ماذا؟

نظرَت إليها سارة بصمتٍ وكأنها تُفكِّر في الطريقة التي ستصوغ بها كلماتها قبل أن تقول: لكن أنتِ بنت أحد أشهَر الأطبَّاء في مُستشفيات المدينة، وبنت دكتورة مُحاضِرة في الجامعة، بينما هو مُجرَّد عامِل في أحد المحلَّات، هناك فارق في الطبقة الاجتماعيَّة بينكما، سيُعارِض والداكِ أيَّ علاقة تنشأ بينكما، لا تنسَي هذا مِن فضلكِ.

نظرَت ليان أرضًا، لَم يُحزِنها حديث سارة، كانت تعرف أنَّ هذه هي الحقيقة، لكنَّها قرَّرَت أن تترُك الأمور تسير كما يحلو لها،

ولْيَعبُرا هذا الجسر حينما يصلان إليه كما يقول المَثل الشعبي الأمريكي.

سارت بجوار سارة دون حديث، لكنَّها لاحظَتِ ابتسامة سارة التي تملأ وجهها، فعرفَت على الفور أنَّها قد اتَّفَقَت مع السيد عبد العظيم على عملٍ جديدٍ، قرَّرَت ألَّا تسألها، فسارة تكره ذلك، لكنَّها ستأتي مِن نفسها وتقصُّ عليها كُلَّ شيء في الوقت المُناسب، وإلى أن يأتي هذا الوقت، لتترُك الأمر لسارة.

******

عندما عاد خلدون في المساء إلى منزله كان مُتعَبًا للغاية، فهو لَم ينَل قسطًا كافيًا مِن النوم في الليلة السابِقة.

دخل المنزل، فتح أزرار قميصه، وكان على وشك أن يخلعه لولا أن أضاء أحدهم ضوء الصالة بغتةً، قفز خلدون مِن مكانه؛ لأنَّه يعيش وحيدًا، لكن قبل أن يقف قلبه هلعًا، شاهَد جمال يجلِس على كُرسي في مُنتصف الصالة، حوله تقف فتاتان ترتديان ملابس قصيرة، وتلتمع العقود الذهبية في عُنُقَيهما! ابتسم جمال ليكشف عن سنٍّ ذهبية وهو يقول: ما رأيُك في هذه المُفاجأة؟

قال خلدون بعصبيَّة دون أن يهتمَّ بإغلاق أزرار قميصه مرَّة أخرى: كيف دخلتَ إلى هنا؟!

ضحك جمال وهو يقول: حسنًا، أنت تلعب لعبة أن تجيب السؤال بسؤالٍ آخَر، أستطيع لعب هذه اللعبة أيضًا، قُل لي.. لماذا لا تُجيب على مُكالماتي؟

شعرَ خلدون بالتوتُّر فأجابه: كنتُ مشغولًا، كما أنَّني لَم أكُن بجوار الهاتِف حينما اتَّصلتَ.

وقف جمال واقترب مِن خلدون وهو يتأمَّل شقته الفسيحة، قبل أن ينظُر في عينَي خلدون قائلًا: هل يعلم السيد عبد العظيم بمكان سكنك؟ أم تُراك ما زلتَ تخفي عنوانك عنه كي لا يكتشِف مدى ثرائك؟

نظر خلدون في عينيه بتحدٍّ وهو يقول: وهل يعرف رجال الإنتربول (البوليس الدولي) بالشبكة التي تُديرها وتُتاجِر في البشر بها مِن فرنسا محل إقامتك؟ وهل يعرف رجال الشُّرطة هنا بأنَّك تبتزُّ الفتيات المسكينات المُرافِقات لك؟

ضحك جمال وهو يقول: لماذا توتَّرتَ يا خلدون؟ كان هذا مُجرَّد سؤال بريء!

قال خلدون بغضب: جمال.. خلدون لا يُهَدَّد.

أشار جمال بيده لشخص لَم يرَه خلدون، لكنَّه شعرَ بضربة قوية على ركبته مِن الخلف، ركع على ركبتَيه، شعرَ بفوَّهة بندقية بارِدة تصوَّب إلى رأسه قبل أن يسمع صوتًا أجشَّ يقول: مرحبًا يا خلدون.

نظر بطرف عينه إلى مايكل أو ميكي كما يُطلِقون عليه وهو يقول: مرحبًا يا ميكي، كيف حالك؟ هل مِن جديد؟

هزَّ ميكي كتفَيه دون أن يُجيب، اقتَرب جمال مِن خلدون وهو يقول: لقد اختصَّني الله بميزة هامَّة، أعرف الشيطان مِن بين مئات الملائكة، مهما كانت براءة القِناع الذي يرتديه، وعندما رأيتُك في محلِّ السيد عبد العظيم وأنا أشتري عِقدًا لواحدةٍ مِن فتياتي، عرفتُ على الفور أنَ بداخلك شيطانًا مريدًا، وأنَّني أحتاج لهذا الشيطان؛ لذلك عرضتُ عليك على الفور أن تنضَمَّ إلى رجالي، واشتريتُ لك سيَّارة فارِهة، ورصيدًا في البنك مليئًا بالأصفار، والآن تتهرَّب مِنّي!

شعرَ خلدون بالتوتُّر، فسأله: ماذا تُريد يا جمال؟

قال جمال وهو يجلس على مقعده مرَّة أخرى: أن تُساعدني فيما طلبتُ منك، ألا تتذكَّر؟

تنهَّد خلدون، كان يأمَل حقًّا ألا تتعقَّد الأمور بهذه الطريقة، ربَّما كان خلدون شقيًّا، لكنَّه كان شقيًّا مِن النوع الذي يمتهِن

السرقة، الاختلاس، السَّهر، وغيرها مِن الأمور، لكن ما يُريده جمال كان نوعًا مُختلِفًا مِن الخروج عن القانون، وكي نكون مُنصِفين، كان خلدون يسحب أموالًا طائلة مِن جمال على وعدٍ أن يجد له خُطَّة مُحكَمة تُساعده فيما يُريد.

قال جمال بنفاد صبر: كانت الخُطَّة أن أقتلك اليوم، لكنَّني أحبُّك؛ ولهذا سأمنحك يومًا إضافيًّا، غدًا يا خلدون.. أنت تعرِف أين أسهَر.

أشار لحاشيَته فتبعوه في صمتٍ دون أن يُعلِّق أحدهم على ما حدث باستثناء ميكي، الذي ودَّع خلدون في لُطفٍ، وبادَله خلدون التحيَّة بنفس القَدر مِن اللُّطف.

******

هزَّ جمال رأسه دون أن يُعقِّب، فخلدون يعرف جيِّدًا أنَّ هذه خطته.

تابَع خلدون حديثه قائلًا: حسنًا.. لديَّ الخطة المُناسِبة تمامًا، وسنبدأ فيها فورًا ودون أي تأخير!

******

إعلان منشـور في مجموعة مِن أكبر صفحـات السـوشيال ميديا المُختصَّة بعوالِم تصميم المجوهرات والإكسسوارات:

فُرصتكِ في عرض تصميماتكِ وإكسسواراتك على مجموعةٍ مِن أكبر رجال الأعمال والمُستثمرين العرب والأجانِب، فُرصة تأتي في العُمر مرَّة، كُبرى معارض الجمال.

أوَّل معرض بإمكانيات كُبرى يُقام في المنطِقة العربيَّة، معرض سيُقام وسط الصحراء العربية ساحِرة الجمال، ولأوَّل مرَّة تخصيص مساحات عرض للعارِضات مجَّانًا ودون أي مُقابِل، كما أنَّ إدارة المعرض ستشتري كُلَّ المعروضات بالكامِل، وبالسعر الذي تُحدِّده العارِضة بنفسها في آخِر أيَّام المعرض.

لا داعي للقلق بشأن أماكِن النوم أو تخزين البضائع، توفِّر إدارة المعرض كارفان خاصًّا بكُلِّ عارِضة، وتكفي مساحة الكارفان لتخزين البضائع بداخله بشكلٍ مُريح تمامًا، كما تتعهَّد إدارة المعرض بتوفير الطعام والشراب وكافَّة وسائل الراحة، وكذلك الـ (بوكيت موني) للعارِضات.

ماذا تنتظرين؟ انتهِزي الفُرصة الآن واتَّصِلي بالأرقام التالية لتحجزي مكانكِ في المعرض.

ملحوظة: الأماكِن محدودة، والأولويَّة لمن سَيسبِق بالحجز.

*****

وقفَتِ الحافِلة الخاصَّة بمعرض الجمال في مُنتصف الصحراء، أقيم معرض كبير في مُنتصف الصحراء أمام أعينهم، يُقال إنَّ صاحبه أحد أهمِّ رجال الأعمال العرب، وأحد أكبر المُهتمِّين بقضايا المرأة، وخاصَّةً الفتيات اللاتي يعملن مِن أجل إكمال تعليمهنَّ.

كان عدد المُشارِكات في المعرض عشر فتيات، مِن ضمنهنَّ سارة وليان، اصطحبَتهنَّ الحافِلة مِن مكان التجمُّع إلى هنا سَويًّا بعد أن سبق شحن البضائع والأمتِعة الخاصَّة بهنَّ قبل عدَّة أيَّام.

كان الوقت ليلًا بالطبع، سيبدأ المعرض بعد غد، وسيكون لديهنَّ يوم غد بأكمله مِن أجل الاهتمام بكُلِّ التفاصيل.

بمُجرَّد وصولهنَّ وجَدن خلدون في استقبالهنَّ؛ حيث إنه كان قد سبق وأخبرهنَّ بأنَّه المسؤول عن التنظيم، وهو الأمر الذي جعلهنَّ يثقن بالحدث بأكمله؛ لأنَّ خلدون كان حلو اللِّسان ولبِقًا، ويمتلك القدرة على إقناع أي شخص بأي شيء.

رحَّب بهنَّ وأخبرهنَّ أنَّه سيوصِّل كُلَّ واحدةٍ منهنَّ إلى الكارفان الخاص بها.

تحاوِل سارة الاتصال بوالدتها كي تُطَمئنها أنَّها قد وصلَت بالسَّلامة، لكنَّ شبكة الاتِّصالات مقطوعة هنا تمامًا، وكذلك شبكة الإنترنت، مِمَّا يجعل الجميع في عزلةٍ تامَّةٍ طوال فترة تواجدهنَّ هنا.

بعد أن انتهى خلدون مِن تسكين الفتيات، عاد إلى الكارفان الخاص بجمال، وطمأنه على أنَّ كُلَّ شيء على ما يُرام، وأنَّ المُمثِّلين الكومبارس قادمون بعد غدٍ في مواعيدهم للتَّظاهُر بأنَّهم روَّاد المعرض، وأنَّهم سيَشترون بعض الأشياء مِن الفتيات كي لا يلفِت هذا انتباه الفتيات.

زفر جمال بارتياح وهو يقول لخلدون: إذا سار الأمر على ما يُرام سأُغرقك بالمال يا فتى.. وقد سار الأمر على ما يُرام فِعلًا.

بدأ أوَّل أيَّام المعرض بافتتاح ضخم شارَك فيه دي جي كبير، وعلى أنغام أغانيه دخل الزوَّار وبدؤوا في التجوُّل على الأجنحة واحدًا تِلو الآخَر.

كان الزحام شديدًا، والمشتريات أكثر مِنِ رائعة، لَم تتوقَّع أيَّهنَّ أيًّا مِن هذا، لكن بمُجرَّد حلول المساء بدأتِ المبيعات تقلُّ، والزوَّار يختفون تدريجيًّا مِن المكان، وعمَّ الظلام والهدوء،

وعشَّشَ فوق المعرض، وبدأت حينئذٍ فقرة جديدة مِن التنظيم، فقرة تعتمِد على موسيقى صاخبة جدًّا وأضواء خافتة بشكلٍ مُريبٍ.

كانت جميع الفتيات مسرورات بحجم المبيعات وبمدى صخب المعرض إلَّا سارة التي كانت تتشكَّك في الأمر!

بما أنَّ خلدون أحد المُنظّمين فلماذا لَم يَظهر السيد عبد العظيم ولو لمرَّة طوال اليوم؟ ولماذا لا يوجد محلُّه ضِمن الرُّعاة الرسميِّين للمكان أو حتَّى بين المُنظِّمين؟

وأيُّ معرض هذا المعزول عن الحياة؟! لا هواتِف.. لا إنترنت.. لا قنوات تليفزيونية تقوم بتصوير الافتتاح!

بعد قليل أذاعَت إدارة المعرض عن فترة للراحة، ودعوا المشاركات في المعرض لتناوُل الطعام قبل استكمال باقي فاعليّات المعرض.

ذهبَتِ الفتيات إلى المكان الذي سيتناولن فيه الطعام مع مُنظِّمي وإدارة المعرض، حاولَت ليان أن تُقنِع سارة بالذهاب معها لتتناولا قدرًا مِن الطعام، لكنَّ سارة رفضَت، وقرَّرَت أن تحاوِل الاتصال بوالدتها أوَّلًا، كونها هنا منذ ثلاثة أيام ولَم تستطِع الاطمئنان على والدتها أو طمأنتها عليها، وهي مُدَّة لَم تبعدها عن والدتها مِن قَبل أبدًا.

25

قرَّرت أن تبتعِد عن المكان قليلًا في محاولةٍ بائسةٍ للبحث عن شبكة اتِّصال، لكنَّها لَم تنجح في ذلك، لَم تفقِد الأمل، واستمرَّت في المحاولة لِمُدَّة ساعة تقريبًا قبل أن تفقِد الأمل وتُقرِّر العودة إلى المكان.

كان المكان خاويًا على عروشه، خاليًا مِن أي بشر، مِن أي أضواء، مِن أي موسيقى، تسلَّلَت وهي تشعُر بالفزع إلى أن وصلَت لكارفان التجمُّع، كان هادئًا، لكنَّ بابه كان مواربًا، نظرَت مِن الباب دون أن تُصدِر أيَّ صوت، وما رأته كان كافيًا ليتوقَّف قلبها هلعًا!

الفتيات فاقدات للوعي على منضدة الطعام، وفي أيديهنَّ وأفواههنَّ طعام لَم يكتمِل!

فهِمَتِ الأمر فورًا، كان هناك مُخدِّر في الطعام تناولَته الفتيات وفقَدْن الوعي فورًا.

رأت مجموعة مِن الرجال مِن بينهم خلدون يسيرون بين الفتيات، ويتأمَّلونهنَّ فاقدات للوعي قبل أن تسمع صوت رجل يقول بحزمٍ: اذهبوا بكلِّ منهنَّ إلى الكارفان الخاص بها، واخلعوا ملابسهنَّ، وسآتي بالكاميرات لنقوم بالتصوير.

بدأ الرجال في حمل الفتيات قبل أن يقول رجل ضخم: يا زعيم.

قال الرجل الزعيم: نعم يا ميكي.

- هناك فتاة ناقصة.

- ماذا تقول؟!

- هؤلاء تسع فتيات فقط.

نظر خلدون إلى الفتيات سريعًا قبل أن يقول: هؤلاء تسع فعلًا، هناك واحدة ناقصة.

تأمَّل الفتيات قبل أن يقول في فزعٍ: سارة!

قال الرجل الضخم: هناك.. على الباب.

نظر الجميع نحو سارة فورًا، التي شهقَت في فزع قبل أن تستدير وهي تركض!

سمعَت باب الكارفان ينخلع مِن خلفها، سمعَت أصوات أقدام الرجال مِن خلفها، كانت تعرف أنَّهم أقوى منها وأسرع منها، لكنَّها كانت تعرف كذلك أنَّها أذكى منهم!

******

ركضَت كما لَم تركض مِن قبل، توارَت خلف تلال صحراوية صغيرة، كانوا مُسلَّحين؛ لذلك كانت المواجهة المُباشِرة معهم ستُنهي أمرها برصاصةٍ سريعةٍ، تناثرَتِ الرصاصات مِن حولها

عندما كانت تركض، تضرب الرمال فتتناثر في احتجاجٍ من حولها.

تسلَّحَت بالظلام وشقَّت طريقها خلف تلٍّ صغيرٍ، توارَت تحته وهي تلتقِط أنفاسها، كانت تنشج بعنفٍ، مدَّت رأسها لتنظُر إليهم، وعلى الفور انطلقَت ثلاث رصاصات نحوَها، لولا سرعة ردِّ فِعلها لخَرَّت صريعة مِن فورها!

مدَّت رأسها مرَّة أخرى استعدادًا لجولةٍ جديدةٍ مِن الركض، لكنَّ الهدوء سيطر هذه المرَّة على كُلِّ شيء، شعرَت بالخوف، لَم يكُن الصَّمت مؤشِّرًا جيِّدًا أبدًا قبل أن تفهم ما الذي يحدُث.

شعرَت بيدٍ قويَّةٍ تُمسِك بها مِن خلفها، حاولَت أن تقاوِم، لكنَّها لَم تستطِع، لطمَها الرجل الضَّخم – ميكي كما ناداه الزعيم – فسقطَت أرضًا، ركلها في ضلوعها فانتفض جسدها، حاولَت أن تزحف على الأرض لكنَّه أمسك بحجرٍ ثقيلٍ وألقاه على قدمَيها، تهشَّم كعبها الأيمن، تسلَّل الألم إلى جسدها لكنَّها لَم تستسلِم، حاولَتِ الزَّحف، شعرَت بركلةٍ أخرى في ضلوعها، سمعَت ضِلعًا يتهشَّم.

قال ميكي بسُخريةٍ: أين تذهبين؟!

ركلها في وجهها، طار جسدها في الهواء، واستقرَّت على ظهرها.

كان الألم أقوى مِن أن تحتمله، رأت خلدون يقترِب منها، مسحَتِ الدماء عن وجهها، ونظرَت إليه، صوَّب مُسدَّسه إليها وهو يقول: هل مِن كلمات أخرى قبل أن تموتي؟

هزَّت رأسها، فقال ساخرًا: حسنًا.. مِن حقِّ المحكوم عليهم بالإعدام أن ينطِقوا بكلماتهم الأخيرة.

مدَّت يدها وقبضَت على حفنة مِن الرمال ألقتها في وجه ميكي، وبصقَت في وجه خلدون، حاولَت أن تستغلَّ المفاجأة للهروب، لكن خلدون دهس كعبها المكسور، صرخَت في ألمٍ بالغٍ، استقرَّت على ظهرها في يأسٍ، صوَّب المُسدَّس نحوها، شدَّ الأجزاء، ودوَّى صوت الرصاصة ليشقَّ صمت الصحراء بأكملها!

******

سقط خلدون صريعًا وفي مُنتصف جبهته أثرٌ دامٍ لرصاصةٍ أطلقها أحد رجال البدو، سمع قاطنو الصحراء صوت الرصاص فحضروا على الفور، وحين رأوا خلدون على وشك إطلاق النار عليها، أطلقوا عليه النار فسقط فوقها.

دوَّى صوت عدَّة رصاصات أخرى، سقط الرجال الآخَرون سريعًا قبل أن يهبط أحد البدو مِن سيارة الدَّفع الرباعي ويقترِب مِن سارة ويسألها: هل أنتِ بخير يا بنتي؟

هزَّت رأسها وهي تبصق حفنة دماء تجمَّعت في فمها، قصَّت عليه كُلَّ ما حدث، ترك أحد الرجال معها، وذهبوا إلى المعرض لينقذوا بقيَّة الفتيات.

لَم تفقِد وعيَها فورًا، انتظرَت إلى أنِ اطمأنَّت على الفتيات، قَبض البدو الشُّجعان على جمال، وأنقذوا الفتيات جميعًا، وحين دوَّت سارينات الشُّرطة عاليًا وأنارت أضواءها الزرقاء والحمراء سماء الصحراء المُظلِمة، اطمأنَّت سارة عندما رأت رجال الشُّرطة يسيطرون على كُلِّ شيء، ويوجِّهون الشُّكر للبدو الشُّجعان، وينقِذون الفتيات قبل أن يتعرَّضن لأي سوء.

حينها وحينها فقط، أغلقَت عينيها، وتركَت نفسها ترتاح قليلًا.